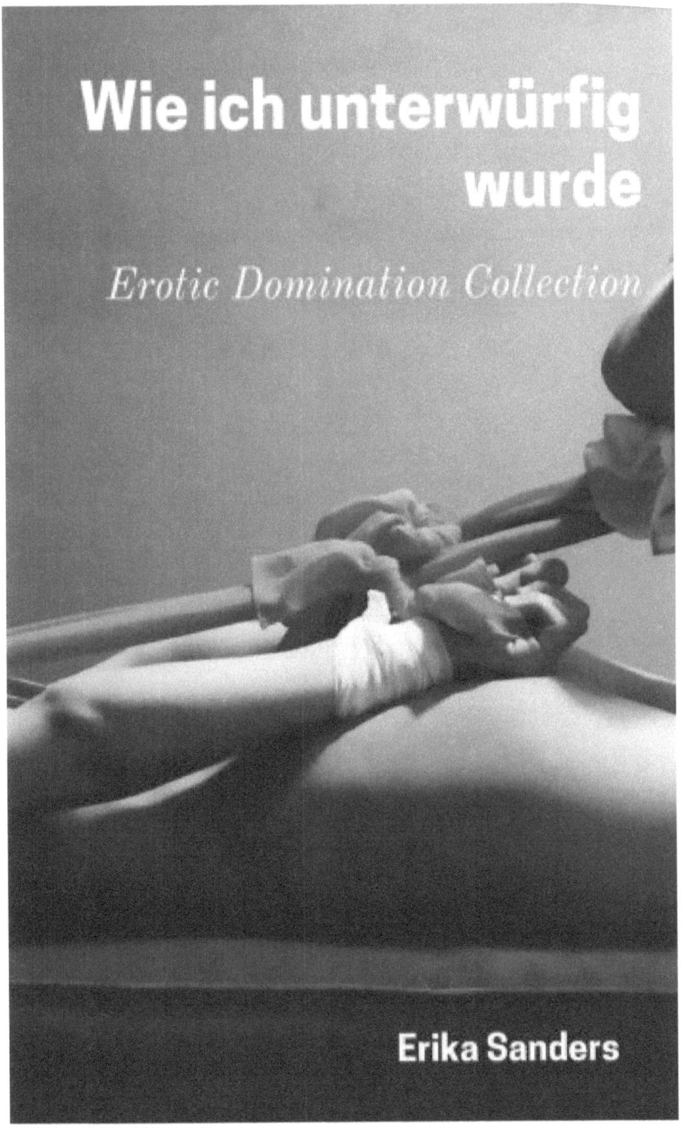

Wie ich unterwürfig wurde

Erotic Domination Collection

Erika Sanders

ERIKA SANDERS

Titel
Wie ich unterwürfig wurde
Von
Erika Sanders
Serie
Herrschaft und erotische Unterwerfung

Zusammenfassung

In dieser Geschichte erzähle ich Ihnen, wie ich anfing, die Empfindungen des unterwürfigen Verhaltens in einer sexuellen Beziehung zu erforschen.

Ich hoffe dir gefällt, wie mir die Erfahrung gefallen hat und erzähle dir davon.

Wie ich unterwürfig wurde ist ein Roman mit stark erotischem BDSM-Gehalt und wiederum ein neuer Roman aus der Erotic Domination-Sammlung, einer Reihe von Romanen mit hohem romantischen und erotischen BDSM-Gehalt.

Anmerkung zum Autorin:

Erika Sanders ist eine international bekannte Schriftstellerin, die ihre erotischsten Schriften, abgesehen von ihrer üblichen Prosa, mit ihrem Mädchennamen signiert.

https://www.instagram.com/erikasamanthasanders/

Index:

WIE ICH UNTERWÜRFIG WURDE
VON
ERIKA SANDERS

KAPITEL I

Ich wimmerte und zitterte, als ich aufwachte.

Ich versuchte mich auf den Bauch zu rollen, aber meine Arme waren über meinem Kopf festgesteckt, meine Handgelenke zusammengebunden.

Meine Beine befanden sich in einer ähnlichen Situation, zusammen ausgestreckt, als ich mit gefesselten Knöcheln auf dem Rücken auf dem Bett lag.

Es war wahrscheinlich das erste Mal seit Stunden, dass meine Beine geschlossen waren.

Ich fragte mich, wie lange er mich schlafen ließ.

Ein tiefes Lachen kam von oben.

Ich bewegte meinen Kopf nach links und dann nach rechts, konnte aber nichts sehen, weil ich eine Augenbinde trug.

"Shh, shh, shh."

Raue, verschwitzte Finger liefen leicht über meine Wange und ich schauderte.

"Du siehst so hübsch aus, Erika, meine Liebe. Jetzt entspann dich einfach."

Ich schloss die Augen, als ob das einen Unterschied machen würde, und holte tief Luft.

Ich wurde ein wenig wackelig und versuchte es erneut.

Als ich ein- und ausatmen konnte, ohne dass mein Körper von seinem ständigen Kontakt und den verborgenen Versprechungen in seiner stillen Reihenfolge zitterte, ließ ich meinen Kopf zur Seite drehen, meine Wange ruhte auf meiner linken Schulter.

"Das ist ein gutes Mädchen."

Seine Finger liefen über meinen Nacken und dann umfasste seine warme Hand meine Wange.

Ein süßer Geruch drang in meine Nase ein.

Es war der Geruch von Erregung auf ihrer Haut und meine Erregung.

Ich hatte die Anzahl der Orgasmen verloren, die ich hatte, seit ich ihn getroffen hatte.

In jüngerer Zeit hatte er meine Muschi und meinen Kitzler gleichzeitig mit denselben Fingern, mit denen er mich jetzt berührt, träge gestreichelt, bis ich zu einem Durcheinander von sich drehenden Gliedmaßen und Körpern wurde.

Nach meinem Lauf hatte ich meine Handgelenke und dann die Knöchel gesichert, während ich einschlief.

Vielleicht ist dies die Zeit, in der Sie die richtigen Einführungen machen sollten.

Ich bin Erika.

Ich bin ein Sub, ein Devot.

"Er" ist Ben, mein Meister oder Dom.

Wir haben uns vor zwei Jahren online an einem Ort getroffen, an dem sich Menschen mit perversen sexuellen Wünschen treffen, um offen über solche Interessen zu sprechen, die allgemein als Fetische bezeichnet werden.

Ich war noch nie mit einer Person zusammen, die meine Fetische geteilt hat.

Klar, ich hatte viel Sex.

Aber es war immer das, was wir Perversen "matschig" nennen: direkter Sex in normalen Stellungen.

Manchmal starteten wir mit neunundsechzig, wenn wir beide gleichzeitig ankommen wollten, um Orale zu geben und zu empfangen.

Aber ich hatte noch nie jemanden, der mich kontrollierte und mir sagte, was ich tun sollte.

Oder was in anderen Fällen nicht zu tun ist.

Ganz zu schweigen von der Sklaverei, wie gering sie auch in unserer Beziehung sein mag.

Ich war auch ein bisschen neugierig auf die Besessenheit, die die Leute mit Prügel hatten.

Sie war zuerst schüchtern gewesen, besonders nach unserem ersten persönlichen Treffen.

Es hatte Monate gedauert, bis ich mich entschlossen hatte, Ben persönlich zu treffen.

Das erste Mal, dass ich von ihm hörte, war in einer Diskussionsgruppe auf der Website.

Ich hatte einen Thread gestartet, um über den richtigen Weg zu sprechen, um einen Orgasmus zu verzögern, da mein Partner auf Reisen war und meine eigenen Hände benutzen wollte, um die Arbeit zu erledigen.

Ich hatte gehört, dass verzögerte Befriedigung sehr aufregend war, also dachte ich, ich würde es versuchen, während ich übte.

Ben war die 11. Person, die auf meinen Thread antwortete und der einzige Mann.

Ich habe Ihren Kommentar unter all den Frauen, die mir Ratschläge gaben, fast verpasst ... und trotz meines "heterosexuellen" Status in meinem Profil mit mir geflirtet.

Was am meisten auffiel, war sein Foto.

Im Gegensatz zu den Bildern auf den Profilen der meisten Männer, mit denen sie auf der Suche nach potenziellen Sexualpartnern gesprochen oder sich beraten hatte, war Ben auf seinem Foto weder nackt noch wurde ein Foto eines anderen unbekannten Jungen aus dem Internet heruntergeladen..

Es war eher eine Bleistiftzeichnung eines Löwen mit einem kleinen schlafenden Lamm zwischen seinen großen Beinen.

Später fand ich heraus, dass Ben es selbst gezeichnet hatte.

Er war ein Beschützer, und genau das brauchte er.

KAPITEL II

Unsere Beziehung entwickelte sich langsam und langsam, da wir beide unsere jeweiligen Partner hatten.

Eine schnelle, private Nachricht hier oder da.

Ein Kommentar zu ähnlichen Themen oder einem Thema, das einer von uns in einer Gruppe begonnen hat.

Und dann sind wir in die Chatrooms gezogen.

Mit dem Gespräch kam das Necken und Flirten und schließlich das Cyber-Sexspiel.

Nach ungefähr acht Monaten schlug er vor, dass wir uns persönlich treffen.

Unsere Rollen waren von Anfang an klar festgelegt.

Er wollte die Kontrolle haben, und ich wollte kontrolliert werden.

Nicht immer im physischen Sinne, sondern manchmal auch mental, manchmal durch Worte.

Oh die Kraft der Worte.

Ich habe gelernt, Orgasmen ohne eine einzige Berührung zu haben.

Zu wissen, wozu mein Körper fähig war ...

Die Stimme eines anderen könnte einen so großen Einfluss auf mich haben ...

Es war wundervoll.

Ich erinnere mich sehr gut an den Tag, an dem wir uns persönlich getroffen haben.

Sie war nervös gewesen und hatte im Restaurant auf Ben gewartet und in einem Schrank vom Rest der Kunden entfernt gesessen.

Die Belagerung war einer seiner ersten Befehle gewesen.

So war die Kleidung, die sie trug: ein rotes Oberteil und eine schwarze Hose.

Die erste zeigte großzügig die Spaltung zwischen meinen Brüsten und die zweite hob meinen Hintern hervor.

Ich war an beiden Enden gut ausgestattet und stellte sie gern zur Schau, aber es überließ immer noch viel der Fantasie.

Ben hatte mir gesagt, ich solle meine Haare zurücklegen.

Ich hatte beschlossen, mein blondes Haar zu flechten, anstatt es in einem Pferdeschwanz locker zu lassen.

Wir hatten persönliche Fotos ausgetauscht, damit ich eine Vorstellung davon hatte, wie es aussah.

Doch als er sich dem Tisch näherte, 1:80 oder 1:90 groß war und ungefähr 200 Pfund in einem deutlich imposanten Körper wog, schnappte ich nach Luft.

Er war wunderschön.

Sehr hübsch.

Zumindest für mich.

Er war ein wenig übergewichtig wie ich, aber es war nicht sehr offensichtlich.

Perfekte Größe zum Kuscheln.

Sein schwarzes Poloshirt betonte seine dicken Arme und ich konnte es kaum erwarten, dass er mich darin einwickelte.

Ihr Haar war dunkel und obwohl es kurz war, hatte es eine natürliche Welle, die ihm eine gewisse Textur verlieh.

Ich hatte meine Hände von meinem Schoß gehoben und wollte instinktiv mit meinen Fingern durch diese schönen Schlösser fahren.

Aber ein Blitz in seinen Augen warnte mich, der Versuchung zu widerstehen.

Oh diese Augen.

Sie waren auch dunkel und passten zum Schokoladenbraun ihrer Haare.

Und sie konzentrierten sich direkt auf meinen Mund.

Ich schloss meinen Mund, merkte plötzlich, dass ich klaffte und lächelte ihn an.

Als er mich anlächelte, leuchteten diese Augen auf und schmolzen fast mein Inneres.

Ich war sitzen geblieben, als er sich vorstellte und seine Hand ausstreckte, um meine zu schütteln.

Es war meine erste persönliche Unterwerfung bei ihm.

Nach dieser Präsentation war mein Leben nie mehr das gleiche gewesen.

KAPITEL III

Wir haben bis zu unserem sechsten Date gewartet, bevor wir in ein Zimmer gegangen sind, aber selbst dann haben wir trotz unserer Online-Begegnungen von vorne angefangen.

Es war einfach nicht dasselbe, besonders für jemanden wie mich, der das noch nie zuvor gemacht hatte.

Ich spreche davon, mich unwohl zu fühlen.

Aber Ben war und ist ein sehr geduldiger Meister.

Er nahm sich Zeit für mich und brachte mir bei, wie das alles war und wie die Seile benutzt wurden.

Nun, die kamen erst ein paar Monate später, aber Sie wissen, was ich meine.

Heute Abend war eigentlich meine Idee gewesen.

Wir waren aufgrund unserer Jobs und unserer jeweiligen Beziehungen beschäftigt, aber zufällig hatten wir jetzt beide das ganze Wochenende frei.

Im Verlauf unserer seltsamen Beziehung haben wir unsere eigenen geheimen Wünsche ausführlich besprochen.

Einige, die wir noch nie zuvor mit anderen geteilt hatten, selbst auf der Website, auf der wir uns getroffen haben.

Ich fühlte mich bereit, an einem meiner Projekte teilzunehmen, und Ben wollte mir diese Erfahrung ermöglichen.

Ich hielt den Atem an und wartete auf seine Antwort.

Als mein Meister hatte ich jedes Recht abzulehnen.

Am Ende tat er es jedoch nicht.

Dafür hatte ich ihm erlaubt, meinen Arsch zu ficken, eine meiner weichen Grenzen, als Dank.

Und er hatte es ganz angenehm gemacht.

Genug, dass ich überlegte, diese Position vollständig von meiner Limitliste zu streichen.

Obwohl ich meinem Wunsch zustimmte, wusste ich, dass ich geduldig sein musste, damit Ben entscheiden konnte, ob es passieren würde.

Es hatte einige Wochen gedauert, bis er die Entscheidung getroffen hatte.

Ich war besorgt, dass er seine Meinung geändert hatte, aber an diesem Morgen erhielt ich eine einfache SMS mit der Aufschrift:

"Das ist deine Chance. Um drei Uhr nachmittags bei mir zu Hause."

Und so begann unser Treffen früh.

Ich war von Freitag bis jetzt buchstäblich zehn Mal gefickt worden und habe jeden Moment genossen.

Und obwohl ich völlig gesättigt und wund war, erwartete ich immer noch, wann Ben sein Versprechen halten würde.

Ich habe nicht daran gezweifelt, aber wir hatten das ganze Wochenende und es war nur Samstagabend.

KAPITEL IV

Und deshalb bin ich so hier.

Das Gefühl und dann der Geschmack seines Daumens, der meine Lippen streifte, brachten meine Gedanken zurück in die Gegenwart.

Ich stöhnte, als er seinen Finger in meinen Mund drückte und ihn an meiner Zunge und meinen Zähnen rieb.

Dann schob er es rein und raus.

Der Rest meines Körpers schauderte und er war eifersüchtig, da er mich nirgendwo anders außer meinem Gesicht berührte.

Als ich jedoch anfing, an seinem Daumen zu saugen, spannten sich meine Brustwarzen und meine unteren Muskeln an.

Nur diese einfache Bewegung seinerseits machte mich an.

Nun, das und mein Mangel an Kontrolle, weil ich gefesselt bin.

Ganz zu schweigen von der Tatsache, dass sie auch völlig nackt war.

"Öffne es, Erika."

Er packte mich sanft am Kinn und zog mich runter.

Ich wusste, was mich erwarten würde, bevor ich spürte, wie er die Spitze seines Schwanzes gegen meine Lippen drückte.

Ich streckte meine Zunge heraus, um es zu probieren.

Sie hatte seinen Schwanz schon einmal gelutscht, aber diesmal kniete sie zwischen seinen Beinen auf dem Boden, ihre Hände hinter ihrem Rücken gefesselt.

Er hatte mein Geflecht um eine Hand gewickelt und mich ruhig gehalten, während er Geschwindigkeit und Tiefe kontrollierte.

Am Ende ließ er meine Hände los, um von allen mit meinen Brüsten gestreichelt zu werden.

Ich könnte den ganzen Tag mit seinem multitexturalen Schwanz in meinen Händen verbringen.

Wieder konnte sie es nur mit dem Mund berühren.

Und er hatte den Vorteil, dass er über mir war.

Ich würgte ein paar Mal, als er versuchte, tiefer zu gehen, aber ansonsten begann es als milder Blowjob.

Ich liebte es, die dicke Steifheit seines Schwanzes zu spüren, der gegen meine Zunge rutschte.

Die Spitze streifte meinen Hals.

Die Haut war so weich, als er sie saugte.

Seine allgemeine Härte drückte sich zwischen meine Lippen, bedeckt mit meinem Speichel und seinem Precum.

Ich konzentrierte mich darauf, durch die Nase zu atmen.

Ich wünschte, ich könnte ihren Gesichtsausdruck sehen.

Ich wusste, wie sich ihre Stirn in der Mitte runzelte, als sie sich darauf konzentrierte, Freude von ihr zu bekommen und sicherzustellen, dass sie sich mit meiner wohl fühlte.

Die Augenbinde schränkte jedoch meine Sicht zu diesem Zeitpunkt ein.

Also stellte ich mir stattdessen ihr Gesicht vor, ihren angespannten Körper.

Er legte beide Hände auf meine Kopfseite und hielt mich still, als er langsam in meinen Mund hinein und aus ihm heraus pumpte.

"Stöhne für mich, Schatz."

Ich gehorchte und wusste, dass er die Vibrationen liebte, die mein Geräusch an seinem Schwanz verursachte.

Und die ganze Zeit bewegten sich meine Brüste sanft, als er mich gegen die Seite des Bettes schaukelte.

Zumindest nahm ich an, dass er neben dem Bett stand.

Ihre festen Schenkel müssen bei jedem Stoß die Kante der Matratze getroffen haben.

Ansonsten gab es keine andere logische Erklärung dafür, wie ich den richtigen Winkel zum Einstecken finden könnte.

Ein paar Minuten vergingen, bis es plötzlich aufhörte.

Er wusste, was als nächstes kommen würde.

"Atme tief ein, Baby. Alles für dich."

Dann schob er seinen ganzen Schwanz hinein, bis ich meine Nase gegen seine Gruppe dicker Locken vergrub.

Seine Eier schmiegten sich unter mein Kinn.

Seufzend schloss ich meine Lippen um seinen Schwanz.

Unter dem Geruch von Schweiß und Sex waren Spuren von Sandelholz.

Er sprühte immer etwas von ihrem Köln um die Basis seines Schwanzes, bevor er ihm einen Blowjob gab.

Wir fanden, dass es die Handlung für mich angenehmer machte.

Eine schöne Ablenkung, wenn er seine Nase für längere Zeit in die Leiste steckte.

Nach ein paar Treffern ballten sich seine Hände auf meinem Kopf und er wurde still.

Sein Schwanz zuckte einen Moment bevor die warme Flüssigkeit meinen Mund füllte.

Plötzlich erschienen Tränen an meinen Augenrändern und ich wimmerte.

"Schluck es, Baby. Du bist ein gutes Mädchen."

Ben grunzte ein paar Mal und ich versuchte mich nicht zu übergeben, als er fertig war.

Es gab ein leises "Plopp"-Geräusch, als es aus meinem Mund zog.

Er ließ meinen Kopf los und ich fühlte, wie die Wärme seiner Gegenwart verschwand.

Eine Hand kehrte zu meinem Hinterkopf zurück und stützte ihn, als ich ihn nach oben kippte.

"Öffne es."

Der Geschmack des Sodas war kühl und angenehm, als ich es um meine Lippen legte und es meinen Hals hinuntergleiten ließ.

Ich war nicht sehr daran interessiert, das Sperma zu schlucken, aber ich tat es für ihn.

Und er hat mich danach immer mit einem Soda belohnt.

Ich habe ihn dafür geliebt.

KAPITEL V

Er hielt meinen Kopf zurück und streichelte meine Wange.

Seine Hand fand meine Brust und streichelte sie

Ein Daumen streifte meine Brustwarze und brachte mich zum Stöhnen.

Dann beugte er sich vor und strich mit seinen Lippen über meine.

Sein Atem war warm, als er sprach.

"Du warst heute so gut, Erika. Ich denke du verdienst eine kleine Belohnung. Möchtest du das?"

Ich hatte Mühe zu schlucken, als sich meine Herzfrequenz beschleunigte.

"Wenn ich liebe."

"Sehr gut."

Er ließ den Verband an und meine Handgelenke befestigt, aber nicht mehr am Kopfende des Bettes.

Er knöpfte meine Knöchel auf und massierte sie, als er die Fesseln entfernte.

Dann half er mir, mich aufzusetzen und mich auf das Bett zu legen, so dass ich mich auf einem Kissen und dem Kopfteil ausruhte.

Es fühlte sich so gut an, berührt zu werden, so kurz es auch war.

Es würde sich noch besser anfühlen, wenn er stehen könnte.

Mein Rücken wurde immer etwas steif, nachdem ich zu lange in derselben Position geblieben war.

Ich hörte Bens Schritte, als er seine nackten Füße über den Teppich schlurfte.

Die Tür knarrte, als sie sich öffnete.

Das leise Klicken beim erneuten Schließen.

Ein Metallklirren wie ein Gürtel löste sich.

Ein Reißverschluss kratzte beim Absenken.

Ich hörte jemanden sich ausziehen.

Es wurden keine Worte mit mir ausgetauscht, aber sie waren nicht notwendig.

Ich war ein bisschen froh.

Ich hatte Angst, dass ich ihre Meinung ändern würde, wenn einer von ihnen mit mir sprechen würde.

Ich konzentrierte mich wieder auf das Atmen.

Langsam nach innen.

Langsam raus.

Meine Handgelenke lagen auf meinem Schoß.

Ich streckte einen Finger aus und spielte mit den kurzen Haaren, die noch auf meiner Muschi waren.

Es hat ein bisschen geholfen, es hat mich abgelenkt und es hat mich auch angemacht.

Und letzteres würde er definitiv brauchen für das, was passieren würde.

KAPITEL VI

Als eine große Hand meine rechte Brust umfasste und sie streichelte, schnappte ich nach Luft.

Das Bett bewegte sich, als jemand auf meiner linken Seite saß.

Eine andere männliche Hand umfasste meine linke Brust und drückte diesmal.

"Entspann dich, Erika."

Bens Flüstern in meinem rechten Ohr ließ mich erschaudern.

Ich neigte meinen Kopf zu seiner Stimme und er belohnte mich, indem er seine Zunge in meinen Mund drückte, als er mich küsste.

Mein Kopf bewegte sich zu seinem, als er wegging.

Ich stöhnte.

Ich wollte so viel mehr.

"Leg deinen Kopf zurück, Baby."

Ich habe gehorcht.

Ich schloss die Augen, umarmte die Empfindungen, die meine Nerven entzündeten, und verdrängte meine Frustrationen.

Eine Hand streichelte immer noch jede meiner Brüste, ein Daumen streifte gelegentlich meine Brustwarze.

Jetzt bewegten sich auch die Finger auf beiden Seiten in meinem Nacken auf und ab.

Ein Stöhnen entkam, als zwei Lippenpaare gegen mein Kinn drückten.

Als zwei Zungen leicht meine Haut berührten und über meinen Kiefer liefen.

Als sein Atem wie eine heiße Brise meine Ohren erreichte.

Das Kissen hinter mir stützte meinen Nacken, als ich meinen Kopf noch mehr nach hinten neigte.

Es wurde schwierig, passiv zu bleiben.

Normalerweise habe ich nicht gegen Ben gekämpft, es sei denn, er hat mir natürlich gesagt, ich könnte antworten.

Aber jetzt mit zwei Liebenden?

Ich beherrschte mich sehr, aber meine Finger drehten sich in meinem Schoß, als meine Brustwarzen plötzlich eingeklemmt wurden.

Mein Körper krümmte sich, als meine Finger meine Muschi berührten und ich eine Ohrfeige erhielt.

"Geduld, Baby. Geduld. Diese stillen Finger."

Ich leckte mir die Lippen bei dem enttäuschenden Klang von Bens Stimme.

Ich wusste aus Erfahrung, dass er es ein bisschen verbessern würde und mein Vergnügen nach und nach herausholen würde.

Er hat das Sensationsspiel wirklich genossen und er wusste es sehr gut.

Es war meine Strafe für Ungehorsam.

Trotz meiner Neugier stellten wir fest, dass ich Prügel wirklich nicht mochte.

Aber meine Angst, mich zu befreien, zurückzuhalten ... und eine Tracht Prügel erinnerten mich immer daran, mich gut zu benehmen.

Zumindest bis zum nächsten Mal.

Jemand hob meine noch gefesselten Hände und legte sie hinter meinen Kopf.

Ich muss eine Show für sie sein: nackt, mit verbundenen Augen, Hände ruhen hinter meinem Kopf, meine Arme ragen hervor wie kleine Flügel.

Meine neue Position drückte meine Brüste nach vorne, und ich schnappte nach Luft, als ein Mund an einer Brustwarze festhielt und daran saugte, bevor der Besitzer abwechselnd seine Zunge bewegte und mit den Zähnen knabberte.

Der gleiche Vorgang wurde in meiner rechten Brust wiederholt.

Ich könnte sagen, dass es Ben war, weil er etwas härter an den Zähnen war.

Er kannte meine Grenze zwischen Vergnügen und Schmerz.

Ich holte jetzt flach Luft, als sie nur mit dem Mund an meinen Brüsten knabberten.

Seine Handlungen an meinen Brustwarzen wanderten jedoch tief und direkt auf meine Muschi zu und erhitzten sie.

Ich konzentrierte mich auf die Geräusche seines schweren Atmens und nassen Saugens.

Ich packte meinen Zopf mit beiden Händen und war dankbar, etwas halten zu können.

"Nun, Erika!"

Ich schrie, als sie beide meine Brustwarzen bissen und ein Orgasmus mich durchbohrte.

Der einzige Gedanke in meinem Kopf war, dass ich flog.

Ich ließ den Halt an meinen Haaren los und ließ meinen Kopf wieder auf meiner Schulter ruhen.

Keuchend spürte ich, wie die Schauer langsam nachließen.

Zwanzig Finger glitten jetzt über meine Seiten und meinen Bauch und streiften gelegentlich die Unterseite meiner Brüste.

Es war himmlisch.

Mein Atem stockte, als sich die Finger tiefer über meine Hüften und dann über meine Oberschenkel bewegten.

Sie teilten sanft meine Beine und reisten weiter nach Süden zu meinen Knien, Schienbeinen und Füßen.

Auf dem Weg zurück nach Norden rutschten sie über die Innenseite meiner Beine.

Wieder auf meinen Knien hoben sie meine Beine an, so dass meine Füße flach auf dem Bett lagen und ich mich nackt und verletzlich fühlte.

Ben hatte das ziemlich oft getan, normalerweise bevor er auf mich fiel, um an meinem Kitzler zu saugen und mich mit seiner Zunge zu ficken.

Aber ich hatte keine Ahnung, was mich jetzt erwarten würde.

KAPITEL VII

Lange Zeit passierte nichts.

Niemand hat mich berührt.

Absolut.

Ich begann wieder normal zu atmen, als ein Finger meinen Kitzler streifte.

Ich wimmerte.

"Beweg dich nicht, Erika."

Bens Stimme war leise und ernst.

Ich biss mir auf die Unterlippe und unterdrückte ein Stöhnen.

Ich wollte meinen Körper in Richtung dieses Fingers wölben und diese intime Berührung wieder spüren.

Stattdessen drückte ich meinen Kopf gegen das Kissen, meine Muskeln spannten sich an, um meinen Körper ruhig zu halten.

Aber es war unmöglich, nicht zu reagieren, als ein Finger vollständig zwischen die geschwollenen Falten meiner Muschi tauchte.

Und dann war eine Hand auf jedem Knie und hielt meine Beine auseinander, als mehr Finger mich erkundeten.

Reiben.

Streicheln.

Spielen.

Ein lautes Stöhnen huschte über meine Lippen, als ein Finger in mich sank.

Dann ein anderer.

Und noch eine, bis mindestens vier Finger rein und raus waren und mich öffneten.

Ich war nach den letzten Stunden, in denen Ben und ich zusammen gespielt hatten, sehr sensibel.

Ich wollte sie bitten aufzuhören.

Das würde aber auch das Ende meiner Fantasie bedeuten.

Ich war nicht bereit, das Handtuch darüber zu werfen.

Noch nicht.

Bisher hatten wir an diesem Wochenende alle Standardpositionen mit unseren eigenen Drehungen gemacht.

Ich beugte mich mit den Füßen auf dem Boden über das Bett auf dem Bauch, die Hände hinter dem Rücken gefesselt, als Ben mich nahm und wie eine Leine an meinem Zopf zog.

Der Missionar mit den Knien über dem Kopf, mein Körper in zwei Hälften gebeugt, damit ich sehen konnte, wie sein dicker Schwanz bei jedem Schlag in mich hinein und aus mir heraus rutschte.

Reite mich Cowgirl-Typ, wieder mit meinen Händen hinter meinem Rücken.

Das umgekehrte Cowgirl mit ihrem Schwanz in meinem Arsch.

Neunundsechzig mit mir unten, damit Ben die Tiefe seines Schwanzes in meinem Mund kontrollieren konnte, manchmal so tief, dass er erstickte.

Zwischen diesen Positionen, wenn sie vor Erschöpfung nicht schlief, benutzte sie Vibratoren und Dildos, um Orgasmen aufrechtzuerhalten.

Er hat mir nicht die ganze Zeit die Augen verbunden, aber als er es tat, erhöhte es die Erregung wirklich.

Es nahm mir eine andere Kontrollebene und ließ mich meinen anderen Sinnen vertrauen.

Trotz des Unbehagens, das ich nach all dem Sex aufwachte, erwartete ich das Ende meiner Fantasie.

Plötzliche Erschütterungen erschütterten meinen Körper, als die ständigen Liebkosungen der beiden Männer mich wieder an den Rand brachten.

Dann zogen sie plötzlich ihre Finger heraus und ließen mich leer fühlen.

Mein Geist war zu der Zeit etwas abgelenkt.

Für einen Moment dachte ich, ich wäre auf einem Boot, das im Ozean schaukelt.

Dann bemerkte ich, dass sie mich bewegten und das Bett hochkrabbelten.

Jemand presste kurz ihre Lippen auf meine und ich hoffte, dass es Ben war.

Sie senkten meine Arme und entfernten meine Fesseln.

Beide Männer massierten meine Arme von den Fingern bis zu den Schultern und wieder zurück.

"Geh auf die Knie und beuge dich vor."

Als ich Ben gehorchte, spürte ich, wie er hinter mich krabbelte und seine Beine zu beiden Seiten von mir legte.

Vor mir war eine Wand aus harten Muskeln.

Es war heiß, als meine Wange gegen sie drückte und zwei starke Hände meine Schultern ergriffen und mich festhielten.

Unter mir spürte ich, wie die weiche Spitze eines harten Schwanzes meine Brüste stach.

"Atme tief ein, Baby. Das war's."

Ein Stöhnen entkam, als ich spürte, wie Bens Finger meine Muschi von hinten streichelten.

Er schob mindestens zwei in mich hinein und wirbelte sie ein paar Mal um meinen Kitzlerbereich, bevor er sie herauszog, um meine Flüssigkeiten um meinen Arsch zu reiben.

Ich wimmerte erneut und biss mir auf die Lippe, als er einen Finger in mich zum zweiten Knöchel drückte.

Ich muss mich angespannt haben, weil ich ihn seufzen hörte.

Sein Ausatmen war tief genug, um meinen Rücken zu bürsten und mich zittern zu lassen.

"Ich mache das für dich, Erika. Sei ein gutes Mädchen und kooperiere."

Ich ließ meinen eigenen Atem los und versuchte zu tun, was er verlangte.

Ich war ein nervöser Haufen, der verrückt geworden war und sich nicht mehr sicher war, was ich tun sollte.

Es hat geholfen, als unser Gast meinen Rücken streichelte.

Ich packte sie an den Schenkeln und erinnerte mich, dass ich jetzt meine Hände benutzen konnte.

"Öffne deinen Mund, Erika."

Ich gehorchte und spürte, wie dieser weiche Schwanzkopf zwischen meine Lippen drückte.

Er ging nicht den ganzen Weg hinein, aber er traf immer noch lange Schüsse.

Es war genug, um meine Gedanken zu beschäftigen.

Zumindest bis Bens Finger sich tiefer in meinem Arsch bewegte.

Ben drückte weiter sanft, zog es gelegentlich heraus und nahm mehr von meinen Flüssigkeiten auf und rieb sich an meinem Kitzler.

Nachdem er seinen Finger mehrmals vollständig in meinen Anus geschoben hatte, zog er ihn langsam zurück und fügte einen zweiten Finger hinzu.

Ich kniff die Augen zusammen, bis ich kleine tanzende Sterne sah.

Es schien, als ob wir es jedes Mal, wenn wir Anal machten, so gemacht hätten, als hätten wir es noch nie zuvor gemacht.

Sollte es nicht einfacher werden, je mehr du es getan hast, wie normaler Sex?

Als seine Finger verschwanden und er von mir wegging, zog der andere seinen Schwanz aus meinem Mund.

Danach legte unser Gast es in meine Hand und legte meine Stirn auf seinen Oberschenkel.

Ich hörte das Klicken einer Plastikkappe, ein weiteres Klicken und ein weiteres Klicken.

Dann bedeckte eine kalte dicke Substanz meinen Arsch.

Ben breitete es aus, bevor er seine Finger wieder in mich steckte.

Noch ein paar Schläge und dann zog er sich noch einmal zurück.

"Tief durchatmen, Baby. Noch eine. Gutes Mädchen."

Die Plastikkappe öffnete sich wieder und es gab weitere Rutschgeräusche: Das Schmiermittel aus der Flasche und er beschichteten höchstwahrscheinlich seinen Schwanz mit dem Schmiermittel.

Er drückte eine Hand gegen meinen unteren Rücken und drückte sie nach unten.

Dann sagte er:

"Bleib still".

Es gelang mir, meine Knie unter mir zu spreizen und mich ein wenig mehr hineinzulehnen.

Unser Gast schob seine Hände unter mich und streichelte meine Brüste.

Ich war dankbar für die Ablenkung, als Ben diesen Moment wählte, um die Spitze seines Schwanzes in meinen Arsch zu drücken.

KAPITEL VIII

Ich schnappte nach Luft, erinnerte mich an das Atmen und lockerte den Griff des Schwanzes in meiner Hand, als ich seinen Besitzer stöhnen hörte.

Ich war mir nicht sicher, ob ich ihn verletzt hatte oder ob ich angemacht war, als ich sah, wie Ben in meinen Arsch eindrang.

Ich setzte mich leicht auf, als Ben unter mich glitt und fester gegen meinen Hintereingang drückte.

Wir seufzten gemeinsam, als sich mein Schließmuskel entspannte und die Spitze nach innen rutschte.

Keiner von uns bewegte sich für einen Moment, doch unser Gast hielt immer noch meine Brüste und Ben packte jetzt meine Hüften.

"Darf ich fortfahren, Erika?"

Ich schluckte und stieß einen zittrigen Atemzug aus.

"Wenn ich liebe."

Während der nächsten zwei Minuten glitt er tiefer hinein und kam zwischen jedem Stoß ein wenig heraus.

Als er ganz in mir saß, massierten seine Finger meine Hüften.

Ich bewegte mich für einen Moment gegen ihn, um mich an die Invasion zu gewöhnen.

"Du hast so einen schönen Hintern, Erika. Du solltest sehen, wie wunderbar mein Penis darin vergraben aussieht."

Mein Keuchen wurde unterbrochen, als mein Kopf auf den Schwanz des Fremden gedrückt wurde.

Ben wählte diesen Moment, um sich zu bewegen.

Dann drückte er von hinten, als ich an der pochenden Stange saugte, die von unten in meinen Mund gedrückt wurde.

Ich habe keine Ahnung, wie lange Ben mich in den Arsch gefickt hat und ich unserem Gast einen Blowjob gegeben habe.

Ich glaube, Ben war derjenige, der meinen Zopf gepackt hat, weil mein Kopf zurück war.

Gleichzeitig hielt unser Gast meinen Kopf ruhig und steckte seinen Schwanz in meinen Mund.

Es fühlte sich an wie ein blutiges Tauziehen, und ich war das Seil, das hin und her geschoben und gezogen wurde.

Aber ich habe es genossen.

Das einzige, was es besser gemacht hätte, wäre, wenn Ben in meiner Muschi gewesen wäre.

Aber der Unterwürfige kann nicht wählen.

Irgendwann wurde mir klar, dass beide Männer still geworden waren.

Sie halfen mir, in eine aufrechte Position zu kommen und bewegten mich so, dass ich nicht mehr kniete, sondern auf Bens Schoß saß.

Es war ein sehr seltsames Gefühl, seinen Schwanz immer noch in mir vergraben zu haben, als er sich hinlegte und mich mit sich zog, also war ich auf dem Rücken auf dem Bauch.

Es war unangenehm, aber mein Körper sehnte sich nach etwas mehr.

Bens Hände ersetzten die unserer Gäste auf meinen Brüsten.

Ich entspannte mich noch mehr, als sein Atem meinen Nacken erwärmte, mich beruhigte und seine Finger mit meinen Brustwarzen spielten.

"Erika, du machst einen guten Job." Er küsste meine Wange. "Nur ein bisschen mehr Baby. Atme so weiter, egal was passiert. Andrew wird nett sein. Vertrau mir."

Ah, jetzt hatte er einen Namen für den mysteriösen Gast.

Aber dann wiederholten sich Bens Worte in meinem Kopf.

Welches Vertrauen was?

Was würde er tun ...?

Oh!

KAPITEL IX

Andrew wählte diesen Moment, um seinen Schwanz an meinem Kitzler zu reiben.

Ich sprang und der Schwanz in meinem Arsch sprang auch, was mich nach Luft schnappen ließ.

Andrew fuhr mit den Fingern über meine Lippen, stieg in meine Vagina und verteilte dann meine Flüssigkeiten.

Zu dieser Zeit hatte ich Zweifel.

Was zum Teufel dachte er?

Fantasien haben diesen Namen aus einem bestimmten Grund.

Vielleicht sollte ich ihnen sagen, sie sollen aufhören.

Vielleicht...

Da Andrew meine Gedanken nicht lesen konnte, fuhr er mit der Show fort und drückte sich in mich hinein.

Ich wusste, wie Ben sich fühlte, für die kurze Zeit brauchte er, um seinen sechs Zoll dicken Schwanz zurück in mich zu schieben.

Ich wimmerte.

Andrew brauchte länger, um hineinzukommen, obwohl sie nass war.

Und es fühlte sich größer an und dehnte mich mehr.

Ganz zu schweigen von der Fülle, die sich für meinen Magen anfühlte, als ich in beiden Löchern voll war.

Als er es in meine Eier schob, blieb Andrew stehen und ich spürte die Hitze seines Körpers über mir in mir schweben.

Wieder bewegte sich niemand und ich gewöhnte mich langsam daran, trotz meiner Zweifel zwei Schwänze in mir zu haben.

Sicherlich hätte Ben das nicht akzeptiert, wenn es gefährlich gewesen wäre oder wenn er Andrew nicht vertraut hätte.

Auf der anderen Seite waren es zwei verschiedene Geschichten, mit zwei Schwänzen gefüllt zu sein und von ihnen gefickt zu werden.

Vielleicht könnte ich darüber lügen.

Aber ich fühlte mich sehr gut mit den Empfindungen, die es in mir hervorrief.

"Wenn du es nicht mehr ertragen kannst, benutze das sichere Wort Baby. Verstanden?"

Ich hielt für einen Moment den Atem an und nickte dann.

Ben drückte meine Brustwarze.

"Sag es."

Ich schreie.

"Ja, Sir, ich verstehe."

"Gutes Mädchen. Jetzt versuche dich zu entspannen und fühle es einfach."

Damit ließ Ben meine Brust los, um mein Kinn zu ergreifen, mein Gesicht von seinem wegzulehnen und es an seine Schulter zu drücken.

Er knabberte mit seinen Lippen, seiner Zunge und seinen Zähnen an meinem Hals, als seine andere Hand sich um meinen Bauch legte und mich gegen ihn zog.

Und dann stießen mich seine Hüften.

Gleichzeitig lehnte sich Andrew zurück und fing an, meine Muschi zu pumpen.

Ich schrie und packte Bens Schenkel unter mir.

"Verdammt, du bist so faul!"

Das waren die ersten Worte, die ich aus Andrews Mund gehört hatte, seit er den Raum betreten hatte.

Und sie vergruben sich direkt in meinem Gehirn, wie sein Schwanz in meiner Muschi, so dass mein Körper reagierte, indem er sich um ihn herum zusammenzog.

Er stöhnte anerkennend.

"Was für ein gutes Mädchen du hast, Ben. Ein sehr mächtiges Mädchen."

An seinem Akzent und dem tiefen Bariton in seiner Stimme konnte ich erkennen, dass er schwarz war.

Meine Muschi ballte sich wieder um ihn und ich stöhnte.

Ben hatte nicht nur einen vertrauenswürdigen Freund gefunden, der meine Doppelpenetrationsphantasie verwirklichte, sondern auch einen schwarzen Freund.

Zwei Träume werden gleichzeitig wahr.

Ich hatte immer gehört, dass schwarze Männer größere Schwänze hatten.

Dass sie große Liebhaber waren.

Andrew bewies nur, dass die Gerüchte wahr waren.

Gott, es fühlte sich so gut an, in mich zu pumpen.

Aber ich würde Ben niemals als Meister gegen irgendeinen Mann eintauschen.

Es gehörte ihm und wir waren beide glücklich zusammen.

Es war ein langsamer und mühsamer Prozess, einen guten Rhythmus zu finden.

Ich glaube nicht, dass mein Körper wusste, was damit geschah.

Ben hatte schon früher Buttplugs und Vibratoren benutzt, aber da sich zwei echte Schwänze in einem so intimen Timing in mich hinein und aus mir heraus bewegten, konnte ich keine Worte finden, um es zu beschreiben.

Also fühlte ich mich einfach so, wie Ben es befohlen hatte.

Irgendwann wurde mir klar, dass wieder jemand mit meinen Brüsten spielte.

Es muss Andrew gewesen sein, weil jetzt jemand anderes meine Hüften packte, und es war wahrscheinlich Ben, weil er wütender unter mir pumpte.

Dann ließen sie meine Brüste los und plötzlich schossen meine Beine in die Luft.

Andrew hielt sie mit den Händen unter dem Oberschenkelrücken knapp über den Knien still.

Ben übernahm und streichelte meine Brüste, drückte und streichelte, als ob nur er wüsste wie.

In mir hatte ich es auf einen trägen Stoß reduziert, aber Andrew beschleunigte sein Tempo.

Tatsächlich konnte sie fühlen, wie ihre Schwänze durch die dünne Membran, die die Hohlräume trennte, die sie bedeckten, gegeneinander streiften.

"Gefällt dir diese Erika? Ist es das, was du erwartet hast?"

"Oh ja, Sir."

Jetzt weinte ich vor Vergnügen, das mich durchströmte.

"Reibe deinen Kitzler, Baby."

Ich schluchzte, sobald meine Finger meine überempfindliche Beule berührten.

Als ich auch Andrews harten Schwanz berührte, löste etwas eine Flut von Emotionen und Gefühlen aus, die klein anfingen, aber durch mich rumpelten, bis ich heftig zitterte und zufällige schmutzige Worte schrie.

Beide Männer kamen in mich hinein, als ich vom Abgrund des Vergnügens und des Schmerzes stolperte.

Ich drehte mich um, nachdem sie sich von mir gelöst hatten und schlang ihre Arme um mich, als ich mich zu einem Ball zusammenrollte.

Ich habe das manchmal gemacht, als ich mit Ben zusammen war und wir zu nahe an den Rand gekommen waren.

Aber Ben wusste, dass er mich nicht alleine lassen sollte.

Jetzt brauchte ich es am meisten.

Als ich meinen Beschützer brauchte.

Starke Arme schlossen sich unter und um mich und zogen mich in eine sanfte Umarmung.

Ich weinte, als Ben mich wiegte, seine Hände meine Haut entspannten und mich beruhigten.

Das Gewicht auf dem Bett änderte sich.

Ich hörte kaum die Geräusche von Andrew, der sich vor dem Anziehen im angrenzenden Badezimmer säuberte.

Stattdessen füllte Bens Flüstern meinen Kopf.

Dann hörte ich in der Ferne, wie sich die Tür öffnete und schloss.

Die letzten Worte, die ich vor dem Einschlafen hörte, waren:
"Ich bin sehr stolz auf dich, Erika."

KAPITEL X

Als ich aufwachte, war der Raum dunkel, der Verband war weg und mein gesättigter Körper war sehr wund.

Ben hielt mich immer noch wie einen Löffel gegen ihn.

Seine Arme und eine Decke schlangen sich um mich, als er sanft über mein Haar strich und es aus meinem Gesicht zog.

"Willkommen zurück, Baby." Er küsste meine Schläfe. "Das war unglaublich. Hat es dir gefallen?"

Ich schauderte und lächelte.

"Danke, Sir. Ich habe es wirklich genossen."

"Jetzt muss ich anfangen, eine meiner Fantasien nach deiner zu planen."

"Ja, Sir. Wie auch immer, es wird das sein, was Sie wollen."

Ben drehte meinen Kopf zu seinem und küsste mich tief auf die Lippen.

"Das ist mein gutes Mädchen"

ENDE

49

SEXUELLER WUNSCH

51

Meine Liebe, ich möchte, dass Sie vor Ihrem Computer sitzen und ein Bild zeigen, ein visuelles Stück, wie eine Katze.

Nicht das Gesicht und der Körper, nur die Knie gebeugt und die Beine offen.

Mit langen und schönen eleganten Fingern, die die Vaginallippen leicht trennen.

Stellen Sie sich vor, Sie gehen hinein und setzen sich an diesen voll ausgestatteten Schreibtisch.

Aber da Ihr Stuhl Arme hat, lege ich meine Füße in schwarze hochhackige Lederschuhe, Fußfesseln und spitze Zehen auf beiden Seiten von Ihnen.

Sie lehnen sich zurück und lächeln und ich lehne mich auch lächelnd zurück.

Ich hebe mein seidig schwarzes, schmales Kleid hoch und du siehst, dass mein Höschen fehlt und das Leuchten meiner Feuchtigkeit in meinem Schlitz bereits spürbar ist.

Sie sehen die Spitze eines schwarzen Korsetts, an dem auch die Strümpfe befestigt sind.

Ich hebe mein Kleid mit beiden Händen hoch, fahre es über meinen Kopf und enthülle das einige Zentimeter breite Lederkorsett.

Meine Brustwarzen sind aufrecht und hoch, wenn sie von oben herausragen.

Sie verneigen sich, aber ich bin hier, um mit Ihnen zu spielen, und ich trage meine spitzen Schuhe, um Sie dort zu halten, wo Sie sind.

Ich sehe einen Schwanz, der merklich wächst und der aus seiner Hose kommen muss und dich bittet, ihn zu öffnen.

Ich fahre mit meiner Zunge lächelnd über meine Lippen, während du meine Hose runterrutschst.

Der Kopf Ihres Penis ragt aus Ihren Boxershorts heraus und auch dieser hat einen leicht fordernden Glanz.

Das ist aus gutem Grund so.

Dieser Anblick deines aufrechten Schwanzes macht mich plötzlich an und ich bitte dich, mich zu lecken.

Sie beugen sich vor und tun es, indem Sie meine Lippen leicht öffnen, um meinen Kitzler zu finden.

Du nimmst es in den Mund, damit es ein bisschen mehr herauskommt.

Ich brauchte nur diese Berührung deiner Zunge, um mich hundert zu bekommen.

Während ich mich niederlasse, bitte ich Sie, Ihren Schwanz mit der anderen Hand zu nehmen und ihn leicht zu streicheln.

Ja, aber ich kann Ihnen sagen, dass Sie mehr brauchen, es ist nicht genug.

Ich zwinge dich, auf die Knie zu gehen, um dich vollständig in meinen Mund zu nehmen, abwechselnd von der Basis nach oben, oben und unten und zurück zu den Bällen zu lecken und die Innenseite zu lecken, wo das l ist. 'Schritt.

Du magst, was du siehst, wenn ich auf den Knien bin, mein Arsch ist nur ein paar Zentimeter breit und mein Anus ist eng und bequem.

Ich stehe auf, weil ich dem Höhepunkt zu nahe komme.

Ich ziehe dich auf deine Füße und deine Hose geht über deine Knie.

Sie haben immer noch Ihre Schuhe, Ihre Krawatte ist noch gebunden, aber Ihr Hemd ist unten aufgeknöpft.

Ich liebe es, so viel Haut wie möglich zu sehen.

Jetzt, wo du auf den Beinen bist, bitte ich dich, mir den Rücken zu kehren.

Öffne deine Beine genug, um hinter dir zu knien.

Meine Zunge leckt deine Beine, leckt deine Eier und runter bis zum Schlitz deines Arsches, leckt und dreht deine Zunge um deinen Anus.

Ich nehme einen Vibrator aus meiner Tasche und frage, ob ich ihn bei Ihnen verwenden kann, aber bevor ich antworte, lege ich ihn auf Ihre Haut.

Mit meinem Mund habe ich Speichel überall in meinem Arsch gelassen, so dass du alles geschmiert hast.

Ich stelle es auf niedrige Geschwindigkeit und laufe es durch deine Eier und zwischen den Bällen und deinem Arschloch.

Meine andere Hand läuft zwischen deinen Beinen und packt deinen Schwanz, streichelt ihn und streichelt ihn.

Der Vibrator fühlt sich gut in deinem Arsch an.

Ich lege es neben deinen Anus und schiebe eines der beiden Enden, das Ende, das auch mein Favorit ist.

Es gleitet hinein und ich lege das andere Ende wieder in Richtung Mitte, wieder hinter deine Eier, um zu sehen, wie das Gefühl dich auf eine andere Ebene bringt.

Ihre Hände greifen nach dem Schreibtisch und Ihre Augen sind geschlossen, um dem nachzugeben, was ich tun möchte.

Aber ich bleibe so und streichle ein bisschen, während ich dich durch das Summen fragen lasse, was als nächstes passieren wird.

Ich halte abrupt an und sage dir, du sollst dich umdrehen.

Sie tun und Ihr Gesicht ist rot.

Sie genießen es wirklich und nähern sich dem Zustand, den Sie wollen.

Aber ich würde lieber langsamer fahren, um dich wieder in meinen Mund zu bekommen.

Ich bin so heiß wie die Hölle und verliere die Kontrolle.

Also lasse ich dich sitzen und knie mich vor dich und ich bitte dich, dich zu streicheln, aber langsam.

"Streichel meine Liebe."

Als ich mich vor dich knie und mich auf die Fersen lege.

Ich schalte den Vibrator ein und reibe ihn außerhalb meiner Vagina an der Klitoris.

Ich brauche weniger als eine Sekunde, um zum Orgasmus zu gelangen.

Meine Beine und Knie sind offen und ich werfe meinen Kopf zurück und strecke meine Muschi mit meinen Händen, damit du siehst, wie sich die Muskeln meines Orgasmus bewegen.

Ich halte den Vibrator, bis ich fertig bin und mein eigener Saft überläuft.

Ich sehe dich an und du masturbierst und erhöhst das Tempo.

Dein Tempo hat zugenommen und es ist so aufregend, dass ich mich hinknie und dich anflehe, auf mein Gesicht und meine Brust zu kommen.

Und ja, definitiv tust du das.

Ich sehe, wie die Spritzer deiner Milch mich erreichen.

Aber am Ende werfen Sie die Jets auf den Computerbildschirm und auf die Tastatur.

Wir verabschieden uns bis zu einem anderen Zeitpunkt und Sie schalten die Webcam aus.

NASS WILLKOMMEN

57

Glenn kommt von einem anstrengenden Arbeitstag nach Hause und lässt seine Aktentasche und seinen Mantel an der Tür stehen.

Er findet das Haus ungewöhnlich ruhig, achtet aber nicht besonders darauf und geht ins Schlafzimmer.

Als er die Treppe hinaufsteigt, riecht er den wunderbaren Duft des Parfüms seiner geliebten Frau Susan.

Als er den Treppenabsatz erreicht, hört er leise Musikgeräusche, die leise durch seine Schlafzimmertür dringen.

Er macht keine Geräusche und öffnet langsam die Tür.

"Susan?" sagt er mit ziemlich tiefer männlicher Stimme.

Als sich die Tür immer weiter öffnet, lässt ihn der Anblick ihres nackten Körpers, der auf dem Bett liegt, zittern.

"Ja Baby." sagt sie mit schwüler Stimme.

Er geht auf das Bett zu, aber sie signalisiert ihm, dass er aufhören soll.

Verwirrt tut er, was sie ihm sagt, um zu wissen, dass sie etwas im Sinn hat.

Sie steht auf.

Sein Körper bewegt sich mit großer Anmut.

Er kann nicht anders, als sich auf ihre üppige Brust zu fixieren und sich leicht zu bewegen, als sie auf ihn zugeht.

Fühle, wie sich dein Schwanz versteift, wenn deine Gedanken durchgehen

"Sie ist so schön".

Sie streckt ihre Hände aus und schnallt seinen Gürtel ab.

Auch seine Hose knöpft er auf und zieht sie runter.

Das lässt ihn vor Aufregung zittern.

Als sie ihn so aufgeregt sieht, lächelt sie und zieht seine Boxer mit dem hungrigen Bedürfnis nach unten, sein hartes Glied zu lutschen.

Sie legt sanft ihre Hände auf seinen jetzt aufrechten Schwanz und streichelt ihn langsam.

Dann streckt er die Zunge heraus und leckt sich den Kopf, bevor er ihn in den Mund nimmt.

Er stöhnt, als sie anfängt, seinen harten Schwanz zu lutschen.

Bewegen Sie es schneller und schneller in seinen Mund hinein und aus ihm heraus.

Kehren Sie dann langsam zu einem tiefen Schlag zurück und rollen Sie Ihre Zunge um den Kopf, während Sie ihn mit Ihrer Hand streicheln.

Er stöhnt, als ihre Hand den rosa Kopf seines Schwanzes streichelt.

Dann leckt er seine Eier bis zur Spitze seines Schwanzes.

Sie nimmt es aus ihrem Mund und steht auf, um ihn leidenschaftlich zu küssen, während sie sein Hemd auszieht.

Er schlang seine warmen Arme um sie, zog sie näher an sich und spürte, wie ihre Brüste gegen seine Brust gedrückt wurden.

Während sie sich küssen, laufen seine Hände über ihren Körper und fühlen ihre weiche Haut unter seinen Fingerspitzen.

Seine Hände bewegen sich über ihren Hintern und er drückt ihn fest.

Er hebt sie in ihren Arsch, indem er seine Beine um ihre Taille legt und zum Bett geht.

Er legt sie sanft hin und bewegt sich auf sie.

Er küsst sie tief bis zu ihrem Hals und ihrer Brust.

Langsam leckt er näher und näher an ihrer rechten Brust, jetzt errichtete er die Brustwarze.

Er steckt ihre Brustwarze in seinen Mund, saugt daran und beißt sie sanft.

Er bewegt sich zur anderen Brust, greift nach unten und beginnt, ihren Kitzler zu reiben, wodurch sie ihre Atmung erhöht und anfängt, leicht zu stöhnen.

Er reibt sich schneller, als er ihren Bauch küsst und sich auf ihren Bauchnabel konzentriert.

Sie hat das Gefühl, dass sie sehr nass wird und ihre Atmung schneller wird.

Er küsst ihren süßen Hügel und ersetzt dann seine Finger durch seine Zunge.

Saugen und sanft in ihren Kitzler beißen.

Dies schickt sie auf eine Welle des Vergnügens und stöhnt.

Dann führt er einen Finger über die Lippen ihrer geschwollenen Fotze in diese geheime, rutschige Stelle.

Er schiebt seinen Finger langsam hinein und heraus und stürzt dann einen weiteren Finger ein, während sie stöhnt.

Er konzentriert sich weiterhin darauf, an ihrem Kitzler zu saugen, während seine Finger diesen besonderen Ort in ihr, von dem er weiß, dass er sie absolut verrückt macht, kostbar schlagen.

Sie stöhnt laut und spürt ein Kribbeln von ihrem rechten Bein hoch und um ihren Körper herum und raus auf ihr linkes Bein.

"Oh Baby!" sie stöhnt, "Das fühlt sich so gut an!"

Glenn weiß, dass sie, wenn sie so weitermacht, definitiv an ihre Grenzen gehen wird, also verlangsamt er sich und küsst ihren Körper zurück, um ihren Mund zu verschlingen.

Sie teilen einen leidenschaftlichen Kuss.

Ihre Zungen tanzen zusammen.

Er nimmt seine Finger von ihrer jetzt durchnässten Muschi und beginnt ihre rechte Brust zu massieren.

Ihr Stöhnen wurde durch Küsse unterdrückt.

Der Kuss bricht und sie flüstert ihm ins Ohr:

"Ich brauche dich in mir, Baby."

Die Erwähnung seines harten Schwanzes, der in die feuchte Muschi seines Geliebten gleitet, lässt ihn vor Geilheit knurren und sich auf sie bewegen.

Er spreizt ihre Beine mit ihren Hüften und positioniert sich, um in sie einzutreten.

Spielen Sie damit, setzen Sie nur den Kopf ein und ziehen Sie sich dann langsam zurück.

"Bitte gib mir alles." sie fleht ihn an, aber er setzt sich durch und folgt dem Rhythmus des Spiels, indem er nur die Spitze stößt und sie zurückzieht, wenn sie anfängt zu stöhnen.

Schließlich treibt er an einem unerwarteten Punkt seinen harten Schwanz bis zum Ende, um sie zum Schreien zu bringen.

Er beginnt langsam mit langen, harten Stößen in sie hinein und heraus zu schieben.

Er beginnt stärker und schneller zu streicheln und zieht ihren Hintern für ein tieferes Eindringen.

"Oh Gott, du fühlst dich so gut in mir. Ich liebe dich so sehr, wenn du meine Muschi fickst."

Daraufhin knurrt er und zieht sich plötzlich zurück.

Er deutet ihr an, sich umzudrehen, und sie tut dies schnell mit einem Sprung der Aufregung.

Er weiß, dass es eine seiner Lieblingspositionen ist, sie von hinten zu betreten, und er liebt es auch, es ihr so zu geben.

Er steckt seinen Schwanz in sie und beginnt hart und schnell zu stoßen.

Sie stöhnt laut und sagt es ihm lauter.

Er liebt es, seine schöne Frau zu ficken, also wird er immer härter mit ihr.

Sein Körper und seine Eier schlugen gegen seinen jetzt roten Arsch.

Sie beginnt zu ihren Stößen zurückzukehren und drückt seinen Schwanz noch tiefer.

Sie stöhnen beide vor Vergnügen.

"Oh, ich werde kommen, Baby. Bist du bereit für meine Milch?"

"Oh ja Baby, ich werde auch kommen."

Noch ein paar Streicheleinheiten und Susan schreit vor Vergnügen und ihr Körper beginnt zu zittern, als ihr Orgasmus sie überwältigt.

Glenn spürt, wie die Wände ihrer Muschi anfangen, seinen Schwanz zu melken und sie kann es nicht mehr ertragen.

Er knurrt ihren Namen und schießt sein heißes Sperma tief in ihre jetzt cremige und feuchte Muschi.

Susan, erschöpft von seiner Explosion, ruht auf ihren Ellbogen, als sie spürt, wie er noch ein paar Spritzer Sperma in sie spritzt.

Zufrieden und versucht, nicht auf sie zu fallen, zieht er sich langsam von ihrer Muschi zurück und packt sie an der Taille und zieht sie mit sich auf das Bett.

Sie schauen sich in die Augen, beide getrübt von den mächtigen Orgasmen, die vor wenigen Sekunden durch ihren Körper gegangen waren.

Eine Befriedigung der gegenseitigen Bekanntschaft bleibt im Raum, als die beiden in den Armen des anderen einschlafen.

FÜR DIESEN ANLASS ANGEZOGEN

63

Die Stille der Nacht umgab sie, drückte sie mit ihrer Gelassenheit und versuchte, ihre Angst zu beruhigen.

Das konnte sie jedoch nicht beruhigen.

Ungezügelte Gefühle, an die sie nicht gewöhnt war und die sie noch nie zuvor erlebt hatte, schossen durch ihren Körper und machten sie nervös.

Ihre Absätze klickten leise über den gepflasterten Weg, als sie zum Himmel aufblickte.

Warum gehst du heute Abend dorthin?

Warum hatte sie sich so angezogen?

Sie konnte die Kraft spüren, die sein Blick auf sie hatte.

Sie seufzte und erlaubte ihren Gedanken, nicht mehr an die Ereignisse zu denken, die heute Abend passieren könnten.

* * *

Es fühlte sich an, als wäre jeder Blick auf sie gerichtet, als sie die Räumlichkeiten betrat.

Ihre hochhackigen Schuhe klickten gegen den Holzboden, als sie über die Tanzfläche schritt und sich der Bar näherte.

Der Rock ihres rot-schwarzen Outfits schwankte bei jedem Schritt von einer Seite zur anderen, der rote Streifen floss gegen ihr Knie, während der schwarze ein paar Zentimeter darüber ruhte.

Die Bluse hing lose an ihren Schultern, über ihre Brüste, sprang gerade genug auf, um bei jedem Schritt Aufmerksamkeit zu erregen und zeigte einen großzügigen Hautanteil.

Und ohne BH.

Sie wusste, wie sie in diesem Outfit aussah.

Es sah aus wie eine Schlampe.

Sie hatte den Look mit einem schwarzen Spitzenhalsband um den Hals und einem Hauch von rotem Lippenstift beendet.

Er saß zwischen einem Mann und einer Frau und lächelte den Kellner an.

"Hallo James"

"Samy. Wie schön ist es dich wieder zu sehen." Er ließ seine Augen langsam über sie über ihr Gesicht und ihre Brüste gleiten. "Sehr gut. Und für wen ist der Anlass?"

Sie schüttelte den Kopf und lächelte, wodurch eine Locke über ihr Ohr fiel.

"Es gibt keinen Anlass. Ich wollte mich nur so anziehen."

Er griff über die Bar und steckte die Locke hinter ihr Ohr.

Seine Finger berührten ihre Wange und sie vergaß fast zu atmen.

"Du solltest dich öfter so anziehen."

"Vielleicht werde ich."

"Ich werde jetzt nachts gegen elf die Arbeit verlassen. Möchtest du später tanzen?"

Sie nickte langsam und konnte ihren Blick nicht von seinem losreißen.

Mit sehr langsamer Präzision beugte er sich über die Bar und brachte seine Lippen näher an ihre, vertiefte den Kuss so weit, dass sie mehr wollte, bevor er sich zurückzog.

"Ungefähr zwanzig Minuten."

* * *

Diese zwanzig Minuten waren in Samys Leben nie länger gewesen.

Sie beobachtete die ganze Zeit alles um sich herum und bemerkte jede Bewegung, die er machte, ohne ihn überhaupt anzusehen.

Es war, als ob ihre Sinne mit ihrem Körper übereinstimmten, aber sie zuckte immer noch zusammen, als er sie auf dem Schulterrücken berührte.

Er hatte den Kragen seines schwarzen Hemdes aufgeknöpft und lächelte sie an und streckte seine Hand aus.

"Ich denke du schuldest mir einen Tanz."

Als sie ihre Hand in seine legte, war es, als ob eine kleine Entladung von Elektrizität durch ihren Körper ging.

Er lächelte, als er sie zu einer Ecke der Tanzfläche führte und sie dann an seinen Körper zog, als sich das Lied änderte.

Es war langsam und verführerisch und sein Schlag schien ihrem Herzen zu entsprechen, als sie sich gegen ihn drückte.

Und dann war sie sich plötzlich der harten Konturen bewusst, die sich gegen seinen weichen Körper kräuselten.

Sie schlang ihre Arme um ihn und drückte ihre weichen Rückenkurven mit ihren Händen, während sie hin und her schaukelten.

Er beugte sich vor und drückte seine Lippen gegen ihre, teilte sie sanft und verführte sie mit seiner Zunge.

Seine Hand glitt tiefer über ihren Rücken, ruhte auf ihrer Hüfte und rutschte tief genug, um eine Arschbacke zu streicheln, als er ihren Unterkörper gegen seinen zog.

Sie schnappte nach Luft, als er wirklich fest gegen sie drückte und sie hätte schwören können, dass sie ihn stöhnen hörte.

Aber genau wie er, rief der andere Kellner ihn an und er seufzte und senkte seinen Kopf zurück.

"Samy ... ich bin gleich wieder da. Ich schwöre, ich werde es tun. Geh nirgendwo hin."

Sie nickte dumm, als sie von der Tanzfläche in eine abgelegene Kabine ging.

Er sah, wie James zur Bar zurückkehrte, sich wieder über ihn beugte und mit Joseph sprach.

Joseph war der Ersatz-Barkeeper für die Nacht.

Er übernahm immer, wenn James in den Ruhestand ging.

Als er eine große, langbeinige Blondine zu sich kommen sah, wurde ihm etwas klar.

Sie war nicht so ein Mädchen.

Er hatte keine Ahnung, was er tat.

James war der Typ Mann, der immer ein Mädchen zur Verfügung hatte, jedes große, blonde, super sexy Mädchen.

Und sie war klein, brünett und Latina.

Sie rannte los.

So schnell und leise er konnte.

Er ging zur Tür und als er über seine Schulter sah, sah er die Blondine, die sich dicht an James beugte und mit ihren Fingern über seinen Arm fuhr.

Sie seufzte und schüttelte den Kopf, als sie ihren Weg fortsetzte.

Es wäre nicht gut, anzuhalten und darüber nachzudenken.

Ihre Füße fingen an, von ihren Fersen zu schmerzen, also zog sie sie ab und trat vom Kopfsteinpflasterweg, wobei ihre Füße sie zum Ufer des Flusses führten, den sie so gut kannte.

Er tauchte mit den Füßen in das Flussufer und starrte nur lange auf das Wasser.

"Was habe ich gedacht?" Sie murmelte schließlich.

"Das würde ich gerne wissen."

Sie schrie fast, als sie sich umdrehte.

James stand hinter ihr, die Arme wütend verschränkt und die Stirn gerunzelt.

Aber das Stirnrunzeln wurde langsam durch einen Ausdruck von Verwirrung und Besorgnis ersetzt.

"Samy, du weinst. Was ist los mit dir?"

Sie sah von ihm weg und überquerte den Fluss zum anderen grasbewachsenen Ufer.

"Ich hätte es nicht tun sollen. Ich hätte heute Abend nicht so gekleidet in die Bar kommen sollen. Ich hätte nicht gedacht, dass ich eine Chance hätte."

"Samy, wovon zum Teufel redest du?"

Er griff hinüber und ließ seine Hand auf ihre Schulter fallen.

Sie zitterte, ihr war kalt.

Er zog hastig seinen Mantel aus, warf ihn über ihre Schultern und trat hinter sie, um ihre Arme zu reiben.

"Du hast dort wunderschön ausgesehen. Ich glaube, ich habe vergessen, wie ich atmen musste, als du reinkamst."

"Ich habe die Frauen gesehen, mit denen du normalerweise zusammen bist. Ich bin nicht wie sie, James. Ich bin nicht elegant oder super sexy. Ich bin weder blond noch groß noch langbeinig, noch habe ich einen perfekten Körper wie sie. Ich habe keine Lösung darin dagegen. Er wusste nicht einmal, was er tat. " Sie beendete im Flüsterton.

"Wirklich? Du hättest mich da rein täuschen können."

Er drehte sie zu sich und beugte sich vor, drückte seine Lippen an ihren Hals.

Sie schauderte.

"Dein Körper fühlte sich perfekt an, als du mich auf dieser Tanzfläche gegen dich gedrückt hast."

Er streckte die Hand aus, umfasste ihre Brust und zeichnete den Umriss ihrer Brustwarze durch ihre Bluse.

Es ließ sie ein wenig zittern.

"Sie schienen sicher zu wissen, was sie tun wollten, als wir uns küssten und zusammenschoben."

Er beugte sich über sie und zwang sie, sich hinzulegen, bis sie auf dem Boden lag.

"Lass mich dir zeigen, Samy. Lass mich dir zeigen, dass du mehr bist als du denkst."

Seine Lippen glitten gegen ihre, bevor sie über ihren Nacken und über die dünne Bluse glitten, die ihre Brüste bedeckte.

Ihr Atem stockte in ihrer Kehle, als seine Lippen zuerst eine Brustwarze und dann die andere fanden und langsam saugten, als sie sich in seine Berührung wölbte.

Seine Finger fanden geschickt den Saum ihrer Bluse und begannen ihn langsam hochzuziehen, wobei sie ihre Haut neckten, als sie enthüllt wurde.

Er hob sie an ihren Brüsten vorbei und hielt sie direkt über sie, als er ihre rechte Brust küsste und ihre Haut genoss.

Sie stöhnte, als James endlich seine Lippen auf ihre Brust legte, die Brustwarze zwischen seine Zähne nahm und sanft daran zog, bevor er daran saugte.

Sie stöhnte noch lauter, als seine Hand begann, ihre andere Brust zu kneten und seine Handfläche wiederholt über ihre Brustwarze rollte.

"Siehst du?" Er atmete gegen ihre Haut. "Du bist die perfekte Frau".

Er begann sie auf dem Weg nach unten zu küssen und umkreiste ihren Bauchnabel mit seiner Zunge.

James lächelte sie an, als er nach ihrem Rock griff und anstatt ihn zu senken, schob er ihn hoch.

Der vordere Teil war zurückgeklappt und im nächsten Moment platzierte er sanfte, verspielte Küsse auf ihrem heißen Hügel über ihrem Höschen.

Sie war schon nass.

Er konnte es durch ihr Höschen fühlen, als er seine Nase an ihr rieb.

Sie zitterte unter ihm und er streichelte sanft seine Finger auf und ab, als er seine Zähne benutzte, um ihr Höschen nach unten zu schieben.

Er küsste sie erneut, keine Barriere zwischen seinen Lippen und ihrer Muschi schon.

Er begann seine Zunge über ihren Schlitz zu schieben und sie stöhnte, ihre Hüften bogen sich wild, so dass er seine Zunge tief in sie drückte und sie über ihren Kitzler fuhr.

Samy stöhnte und bog sich gegen seine Zunge, Vergnügen strömte durch sie, als er seine Zähne gegen ihren Kitzler putzte und einen Finger in sie schob.

"Ich habe gelogen", hauchte er gegen ihren Kitzler. "Ich habe nicht nur vergessen, wie man atmet."

James saugte sanft an ihrem Kitzler und sein Finger pumpte in ihre Spannung hinein und aus ihr heraus.

"Ich bin fast in meine Hose gekommen, nur um dich zuerst zu sehen."

Ihre Finger griffen nach seinen Haaren und er lächelte gegen ihre Muschi, als er einen zweiten Finger in sie schob und seine Zunge wiederholt über ihren Kitzler fuhr, bis ihr Körper unter seinem Mund zitterte.

Seine Finger streichelten sie rein und raus, erregten sie und überredeten ihren Körper zu reagieren, bis sie sich gegen seine Hand und Zunge balancierte.

"James", ihre Stimme stockte fast, als sie sich in seiner Hand drehte. "Bitte hör jetzt nicht auf!"

Seine Worte kamen in einem sanften verschwörerischen Ton heraus, aber es wurde schnell lauter, als sie entzückt aufschrie.

Er knabberte sanft an ihrem Kitzler und jetzt saugte er hart an ihr und seine Finger drückten fest in sie hinein und nahmen ihren Höhepunkt.

Er leckte eifrig ihre Säfte und als das Zittern seines Körpers langsamer wurde,

Als er fertig war, ging er über sie hinweg.

Er lächelte und lehnte seine Stirn an ihre und ließ seinen Körper gegen ihre streichen, als er in ihre Augen sah.

"Ich habe dir gesagt, du bist genauso eine Frau wie sie, wenn nicht mehr."

Seine Augen schimmerten mit etwas, das Zweifel gewesen sein könnte, als er in James 'Augen sah, aber dann ließ er seine Finger über seine Brust und bis zu der harten Ausbuchtung in seiner Hose laufen.

"Ist das der Grund, warum du es so schwer hast?

Warum bin ich eine Frau wie sie? "

Ihre Finger berührten seinen Schwanz auf und ab und er konnte das Stöhnen nicht unterdrücken, das an seinen Lippen vorbeiging.

Er hatte jedoch keine Chance zu antworten, als ihre Lippen seine fanden und alle Gedanken aus seinem Kopf gelöscht wurden.

Ihre Finger glitten zu seiner Brust und er begann geschickt sein Hemd aufzuknöpfen.

Er zog es schnell aus seiner Hose und schob ihn beiseite, während er sein Hemd komplett auszog.

Der Knopf an seiner Hose riss auf und der Reißverschluss rutschte fast von alleine.

Sie zog seine Hosen und Boxer so weit herunter, dass er seinen Schwanz losließ, schlang ihre kleine Hand darum und streichelte sie langsam, so dass er stöhnte und sich eifrig gegen ihre Hand drückte.

Er stöhnte verärgert und stand auf, zog seine Hosen und Boxer in einer Bewegung aus und drehte sich zu ihr um.

Sie war jetzt auf den Knien und lächelte ihn an, als sie erneut ihre Hand um ihn legte.

Er beugte sich über sie, streichelte sie langsam und schloss seine Augen.

Im nächsten Moment teilte er sie jedoch, als ihre Lippen sich um seinen Schwanz legten und sie langsam auf seinem harten Glied auf und ab bewegten.

Er legte nun seine Hände auf ihren Hinterkopf und begann sie langsam in seinen Mund hinein und heraus zu schieben. Er stöhnte, als sie ihn bei jeder Bewegung saugte.

Es dauerte nicht lange, bis die leichten Striche schnell und kurz wurden. Samy saugte stärker, je schneller er seinen Kopf bewegte.

Seine Hand streichelte seine Eier und rollte sie hin und her, während sich ihr Mund um ihn zusammenzog.

Als sie mit ihrer Zunge auf dem Kopf seines Schwanzes spielte, explodierte er in ihrem Mund.

Sie schluckte schnell, als er seinen Spritzer auf sie senkte und ihren Mund und Hals gegen seinen Schwanz drückte, was ihn noch härter und mit mehr Spritzen kommen ließ, bis er sich schließlich erschöpfte.

Er schob seinen Schwanz langsam aus seinem Mund und ließ seinen Blick auf den Boden fallen.

Er fiel vor ihr auf die Knie und legte seine Hand auf ihre Wange.

Sie waren nur einen Schritt entfernt, als James 'Finger über die Seite ihres Gesichts fuhr, seinen Finger unter ihr Kinn senkte und ihre Augen zu seinem hob.

"Wir sind noch nicht fertig."

Seine Stimme war so leise, dass ihr Schüttelfrost über den Rücken lief, als sie ihn verwundert anstarrte.

Er beugte sich vor und drückte seine Lippen gegen sie, um den Kuss schnell zu vertiefen.

Als seine Zunge an ihren Lippen vorbeiging, glitt eine Hand hinter sie und zog sie an sich, so dass sie Fleisch an Fleisch waren.

Seine Brustwarzen drückten sich freudig gegen seine Brust und seine neue Erektion drückte fest gegen seine unteren Bauchmuskeln.

Sie bewegte sich und rieb ihren Körper langsam an ihm, was ihn zum Stöhnen brachte, als ihr Kuss fieberhaft wurde.

Er legte sie zurück und schob ihren Rock über ihre Beine.

Er sah sie einen langen Moment an, bevor er sich bewegte.

Er beugte sich wieder über sie und gab ihr einen leichten Kuss auf den Bauch, direkt über ihrem Nabel.

Er lächelte gegen ihre warme Haut und begann sich nach oben zu küssen, umgekehrt zu seinen vorherigen Handlungen.

Seine Lippen spielten kaum gegen ihre Brüste, bevor sie sich auf ihren Nacken legten und ihren Herzschlag streichelten.

Er pochte zwischen ihren Beinen, sein Schwanz drückte gegen ihren nassen Schlitz, als sie ihre Beine um seine Taille schlang und er seine Arme um sie legte.

In einer schnellen Bewegung saß James mit ihr auf seinem Schoß und drückte, wenn möglich, seinen Schwanz noch mehr gegen sie.

Sie wand sich ein wenig und er stöhnte.

Er küsste sie direkt unter ihrem Ohr und zog sanft an ihrem Ohrläppchen.

"Sag mir, Samy, willst du es?"

Sein Atem war heiß auf ihrer Haut und sie zitterte.

"Willst du, dass mein großer, harter Schwanz in dir vergraben ist?"

Samys Antwort klang fast wie ein Stöhnen, als sie sich an ihm rieb.

"Ja. Bitte James, ich wollte das seit ...", aber sie blieb schnell stehen, errötete immer noch auf ihren Wangen und sah weg.

James hatte keine Ahnung davon.

Er zwang seinen Blick zurück zu ihrem und lehnte seine Erektion an sie.

"Beende, was du gesagt hast."

Sie stöhnte und ihre Nägel gruben sich leicht in seine Haut.

"Ich wollte das, seit ich dich getroffen habe."

"Also sag mir, wie sehr du es willst."

Es war keine Forderung, eher eine Bitte, als er seine Finger über ihre Brüste fuhr und langsam ihr Fleisch knetete.

Er konnte fühlen, wie ihre Hitze gegen seinen Schwanz strahlte, und er tat sein Bestes, um ihn nicht einfach zu werfen und zu nehmen.

Ihre Antwort überraschte ihn und erschütterte die Selbstbeherrschung, die er benutzt hatte.

"Ich will es nicht. Ich brauche es, James."

Ihre Augen waren jetzt auf seine gerichtet und er stöhnte leise gegen ihre Haut, als sie näher kam.

"Ich brauche es so sehr, ich habe so lange davon geträumt. Bitte. Du musst mich ficken."

Er konnte ihr das nicht mehr verweigern.

Danach konnte er sich nicht länger zurückhalten.

Er hob sie hoch, bis der Kopf seines Schwanzes gegen ihre Öffnung drückte und ließ ihn dann schnell auf sie fallen.

Sie stöhnten beide.

Ihre Muschi war so eng um seinen Schwanz, dass er, als er anfing, ihn auf seinem Schwanz auf und ab zu bewegen, und seine harte Länge in ihr noch größer zu sein schien.

Sie stöhnte und begann mit ihren Beinen auf seinen Schwanz zu springen.

Ihre Brüste prallten frei gegen ihn und ihre Brustwarzen riefen nach ihm, als er sich vorbeugte und anfing zu saugen.

Sie stöhnte und sprang schneller auf seinen Schwanz, drückte sich immer wieder.

Seine Lippen neckten ihre Brustwarzen, zogen und saugten, dann fuhr er mit seiner Zunge über sie und knabberte, als er hüpfte, gegen ihre Haut stöhnte und Vibrationen durch seine Bisse sandte.

Ihre Muschi war so nass, dass die Feuchtigkeit über seinen Schwanz lief und er stöhnte, als sie absichtlich seinen Schlitz um ihn drückte, was ihn dazu brachte, ihr mehr zu widerstehen.

Er bog sie beide so, dass sie wieder auf dem Rücken im Gras lag und fing an, seinen Schwanz hart in sie hinein und heraus zu schlagen.

Samy stöhnte noch lauter, ihre Nägel kratzten sie zurück, als ein weiterer starker Stoß sie zu ihrem Höhepunkt zurückbrachte.

Der enge Krampf um seinen Schwanz ließ James auch schnell kommen und er knallte noch schneller in sie hinein und knurrte, als sein heißes Sperma sie füllte, bis es über ihre Schenkel lief.

Er fiel keuchend zur Seite.

Dann zog er sie zu sich und hinterließ sanfte Küsse auf ihrer Gesichtsseite.

"Nun, wird es noch fünf Jahre dauern, bis du mutig genug bist, das noch einmal zu tun?"

Er lächelte und küsste ihre Lippen.

"Nicht immer, James."

Samy lächelte und strich mit ihren Lippen über seine.

"Gut, weil ich nicht glaube, dass ich meine Hände länger als ein oder zwei Tage von dir lassen kann."

Samys Lachen hallte über den See und James lächelte, als er sich aufsetzte und sie tief küsste.

Dies könnte definitiv der Beginn von etwas sehr Interessantem sein.

ENDE

75